KB126443

기억의 그늘

기억의 그늘

강미옥 디카시집

눈빛

길을 걸으면 어느 순간

꽃과 나무와 강물

빛과 어둠과 별

세상의 모든 것들이 내게 말을 걸어왔다

이제는 그들의 이야기를

이곳에 풀어 놓는다

차례 | Contents

1부 노스텔지어

해녀의 바다 … 10

노스텔지어 … 12

오래된 우정 … 14

타타타 변주곡 … 16

햇살 좋은날 … 18

양지를 꿈꾸다 … 20

봄을 기다리며 … 22

행복 좌판 … 24

별리 … 26

오래된 가슴 … 28

물레방아 … 30

멸치 털이 … 32

바다에서 오는 길 … 34

섬 … 36

꽃이 피는 자리 … 38

기억을 달리는 시간 … 40

2부 시공에 갇히다

가난을 찍다 … 44

노래가 흐르는 길 … 46

모래 위의 삶 … 48

꺾이지 않은 눈동자 … 50

시뮬라시옹 … 52

별이 빛나는 시간 … 54

시공에 갇히다 … 56

가얏고 소리 … 58

어름사니 … 60

널뛰기 … 62

세월을 두드리다 … 64

기억으로 날다 … 66

그리움의 넓이 … 68

시공을 건너다 … 70

화려한 적멸 … 72

밤에 피어나다 … 74

목련의 밤 … 76

3부 가시 돋힌 말

패러글라이딩 … 80

욕망의 높이 … 82

감응 … 84

풍등 날리기 … 86

가시 돋힌 말 … 88

환생 … 90

뻥튀기, 추억속으로 … 92

만가 … 94

낙화 … 96

하얀 창살 너머 … 98

장맛 … 100

아버지의 의자 … 102

삶 … 104

색즉시공 … 106

숨쉬는 모래톱 … 108

저녁이 찾아오는 시간 … 110

수확 … 112

4부 기억의 그늘

물그림자 … 116

재회 … 118

기억의 그늘 … 120

하늘빛 아래 물들다 … 122

겨울 데칼코마니 … 124

너와 나 … 126

양귀비 꽃 … 128

마지막 잎새 … 130

서리꽃 … 132

외사랑 … 134

초록 불꽃 … 136

연못에서 우주를 보다 … 138

눈꽃 노루귀 … 140

하얀 종소리 … 142

수묵화 … 144

나비의 사랑 … 146

***디카시**: 디지털 카메라로 자연이나 사물에서 시적 형상을 포착하여 찍은 영상과 함께 문자로 표현한 시이다. 실시간으로 소통하는 디지털 시대의 새로운 문학 장르로, 언어예술이라는 기존 시의 범주를 확장하여 영상과 5행 이내의 문자를 하나의 텍스트로 결합한 멀티 언어예술이다. [국립국어원의 우리말샘에 디카시가 문학용어 명사로 등재]

1부

—

노스텔지어

해녀의 바다

두꺼운 고무옷을 입지만

수심(水深) 깊은 곳엔

수심(愁心)도 가득

들숨과 날숨 사이, 눈물과 파랑 사이

그곳에도 따뜻한 온기가 필요해

노스텔지어

콩대로 콩을 삶으면
솥 안의 콩도 운다고 했었지

들녘의 검불을 모아
응어리들 펄펄 끓이고 나면
등 뒤로 햇살이 환하게 비치곤 했어

오래된 우정

주름진 면발이
끊어지고 이어지고
살아온 날들 같다

햇살 비치는 창가
따뜻한 말이 모락모락

타타타 변주곡

비 오고 눈 내리며
세월은 속절없이 흘렀지

옷 몇 벌에 방은 네 칸이나 건졌어
모두 다 헛다리 짚는 인생
튼튼한 지팡이 하나 생겼지

햇살 좋은 날

무엇이든 깊숙이 챙겨 두었지
자루에 모두 담아 두었지
이제는 훌훌 털어 버리기로 했어

가슴은 후련해지고
떠나는 것들은 춤을 추었네

양지를 꿈꾸다

아낌없이 주는 만큼
가벼워질 수 있으리

속내까지 비워야만
다시 꽃 될 수 있으리

봄을 기다리며

불길은 외로운 사람 곁에서
활활 타오른다

겨울이 몰아치는 날
멀리 건너올 봄을 피워올린다

행복 좌판

나는 소박한 밥상 차려
흡족하고

할머니는 착한 가격으로
기분 좋다

천 원짜리 한 장

별 리

머나먼 하늘 길 나서려는가

지난 계절 수척한 모습도
이제는 그리움으로 남겠네

친구야
모두 내려놓고 환하게 날아가게나

오래된 가슴

둥근 언덕 풍요로운 초원
한때 어린양들의
생명이었지

지금은 건조하지만
아름다운 우물

물레방아

가벼우면 서고

무거워지면 힘이 난다

비우면 멈추고 채워지면 돌아간다

누군가 내 등 뒤에

자꾸만 새로운 시간을 쏟아붓는다

멸치 털이

떼 지어 유영하다
그물에 갇히는 순간

물빛 하늘빛 몸부림은
깊이 잠들고 말았지

항구는 온통 은빛 비늘이다

바다에서 오는 길

하늘이 넓혀 놓은
갯벌 드러나면
바다와 땅은 한 몸이 된다

물이 흘러간 길 따라
수많은 소리들 다시 돌아온다

섬

창밖에
붉은 구름 쪽으로 바람이 분다
문득 그곳에 가고 싶다

눈 감고 바라보면
수평선 위의 이니스프리

꽃이 피는 자리

저 언덕 아래엔
봄이 되면 피어난다

환하게 피어나는 언어들
묶여 있어도
온 세상이 환해진다

기억을 달리는 시간

아픔마저도
큰 물줄기 따라 흘러가고
오래된 기억 강변을 달린다

차갑던 땅에 매화 피어나는 소리
기적을 울리며 다가온다

2부

–

시공에 갇히다

가난을 찍다

　　− 최민식 _{사진가}

컴컴한 암흑과 칙칙한 비리와는

타협하지 않고

휴머니즘에 모든 걸 바쳤다

소외된 사람들의 꺼지지 않는 불꽃

차가운 마음 데워 놓는다

왼쪽, 성악가 엄정행

노래가 흐르는 길

이곳의 목련은
봄에만 피는 것이 아니다

엄정행 음악길을 걸으면
희고 순결한 그 꽃이 피어난다

가고파, 선구자, 희망의 나라로 함께하는 길

모래 위의 삶

– 김길만 _{모래조각가}

오늘이 지나면 무너지는 하루

산다는 것은 날마다 모래성 쌓는 일

바람도 시간도

함부로 허물지 못하는 모래의 나라

거친 순간도 쓰다듬으면 부드러운 곡선이 된다

이육사 문학관

꺾이지 않은 눈동자

수인번호 264
'바다의 마음'이 출렁인다

캄캄한 하늘 아래
수없이 감옥 드나들어도
꺾이지 않은 푸른 눈동자가 보인다

오른쪽은 연극연출가 이윤택, 왼쪽은 시인 최영철

시뮬라시옹

한바탕 살아온 날은 모두 다 연극
환한 조명 꺼지고 나면
언제나 허허롭다

시 쓰는 일은 어둠 속의
오롯한 촛불 하나 밝히는 것

*시뮬라시옹 Simulation: 존재하지 않지만 존재하는 것처럼,
 때로는 존재하는 것보다 더 생생하게 인식되는 것들을 말한다.

별이 빛나는 시간

살아오면서
별의별 일들이 많았지
하늘에서 무수히 별이 쏟아지던 날도 있었어

살아온 길 다듬다 보니
기억의 서랍에서도 별이 솟아오르네

시공(時空)에 갇히다

시간을 따라온 길은
때로는 비워 가는 것

하나하나 빛살처럼 사라진다
걸어온 길은 점점 멀어져 가고
깊은 골도 투명해진다

가야금 명장 이석희

가얏고 소리

댓잎 소리
소슬바람에 달빛이 스며든다

끊어질 듯 끊어질 듯
나비는 명주실을 뽑는다

고요하던 바닥 위로 물결이 인다

어름사니

중심 잡는 막대 하나
고독한 섬에 홀로 남은 몸짓

에워싸는 함성 속에
아리랑도 줄을 타
외줄은 탄탄하게 넌출거린다

널뛰기

올려 주고 내려 주며
나를 낮춰 너를 띄우면

너도 나도
하늘이 된다

무형문화제 김덕명(1924-2015)

세월을 두드리다

한량무와 학춤으로 긴 시간 다져 왔다
앉아 있는 그대로가 학이다
하얀 도포자락은 구름보다 가볍다

깊은 세월 걸어 나와
어떤 무게에도 짓눌리지 않는다

66

기억으로 날다

한때 나도
흰 버선 하늘에 닿을 때까지
불꽃 태우던 날 있었지

돌아갈 수 없는 날
펄럭이며 스쳐 지나가네

그리움의 넓이

천 년 그리움
흰 구름 깃에 묻어
언덕 위로 흐른다

청자빛 하늘
이윽고 학이 되어 날아오른다

시공(時空)을 건너다

시냇물은 큰 강물 쪽으로
흘러흘러 가는데
푸르름 깊숙이 들어왔네

비는 내리는데
또 하나의 시간과 공간을 넘는다

화려한 적멸

빈손으로 와서
모두 놓아 버리고
다시 빈손으로 간다

불길은 꽃으로 피어
한 줌의 재로 남는다

밤에 피어나다

얼마나 많은 굴곡을 헤맸을까
얼마나 많은 메마름을 견뎠을까

별빛 쏟아지고
황금달이 떠오르면
또 다른 역사가 피어오른다

목련의 밤

봄밤이 깊어 가는 시간
모든 별들이 북극성을
중심으로 돌아갈 때
나의 침묵은 깨어난다

긴 겨울, 짧은 봄밤 꿈처럼 흐른다

3부

−

가시 돋힌 말

패러글라이딩

날아오른다
설렘이 피어오른다

하늘과 하나 되는 꿈
빛으로 부푸는 세상 아래
끝없는 떨림

욕망의 높이

돈과 권력이 쌓아 놓은 바벨탑
바다가 땅으로 변한
마천루는 여전히 목마르다

끝없이 펼쳐진 밤하늘
인간이 쌓은 탑은 오늘도 흔들린다

감 응

어느 날은 가만히 있어도
환한 빛들로 가득했어

어떤 날은
모든 게 멀어져 갔지

어둠도 빛도 모두 다 알 수 없는 일

풍등 날리기

유구한 역사가 흐르는 천년고도의 땅
왜 자꾸만 땅이 흔들리고 갈라지는가

간절한 바람 담아
하늘에 띄워 보낸다

가시 돋힌 말

바람의 손길로
허공에 몸을 매달았구나

바늘 끝 아픔 속
말의 파편은

목을 넘지 못하는 가시 하나

환 생

아무리 뜨거워도 소리 지를 수 없었네
어지러워도 뛰쳐나올 수가 없었네

큰 폭발음이 들리고
자욱한 연기 속에 눈을 떠 보니
내 몸은 몇 배로 커져 있었네

뻥튀기, 추억 속으로

온 세상이 빙글빙글 돌았다
알알이 미쳐 튀어다니면
온 세상이 뜨거웠다

큰소리 울려 퍼질 때마다
추억은 몇 배로 부풀었다

만 가

마지막 흔드는 손
깃발 되어 나부낀다

바람에 실려 구름에 실려
다른 세상 열리는 이 들판은
피안으로 가는 길

낙 화

노동과 자본 사이
청춘이 있었다

사랑과 억압 사이
올려놓은 꽃바구니 사이로
어머니의 눈물만 남았다

하얀 창살 너머
– 거제 포로수용소

암울했던 날들
태양도 빛을 잃었지

절망의 눈동자가 머물던 창가
아픈 철조망 너머
끈질기게 살아남은 들꽃 피었다

장 맛

손끝에서 태어나는 장은
흙빛이어서 더욱 진실하다

진득이 끓는 뚝배기에서
냉이향이 우러나오고
세월이 묻어나오고

아버지의 의자

당신이 지나간 자리
아버지의 눈물이 맺혀 있었네

활활 타오르던 연탄불 위로
소주병이 오고 갔을 원탁

그을린 순간들이 웃고 있었네

삶

질겨질 대로 질겨진

살아온 굽이처럼

나긋나긋해질 때까지

지나온 날들을 가마솥에 넣는다

삶이란 뜨겁게 삶아 내는 것

색즉시공

세상의 모든
아름다운 것들도
한바탕 한순간

바람 불고 흔들리고 나면
하나둘 사라져 간다

숨 쉬는 모래톱

주름진 아코디언 사이로

조약돌 소리

물새 발자국 소리가 들린다

파도가 왔다간 자리엔

모래의 고요한 호흡법

저녁이 찾아오는 시간

햇살 타고 오르던 도회는

엎드린 꿈들이 늘 꿈틀거린다

빛바랜 길

황혼이 적시는 시간

둥근 가로등이 점점 밝아진다

수 확

한 알 한 알
빗살 사이로
금싸라기 떨어진다

봄 여름 가을이
알알이 쏟아진다

4부

–

기억의 그늘

물그림자

구름이었나
꽃잎이었나

호반에 흩어진
봄 그림자들 모아
그대에게 편지를 쓴다

재 회

만남을 꿈꾸면
어느새 눈물이 고인다

잊었던 얼굴 하나 찾아내면
보일 듯 보이지 않는
봄 그림자 하나

기억의 그늘

기억하는 것들은 뒹굴다가
눈길마저 멀어지면
잊고 사는 그늘이 된다

나직한 걸음들이 모여들어
오래되어도 사라지지 않는 이야기

하늘빛 아래 물들다

소리 없는 향기들
산사 언덕에 가득하다

기다란 광목천
천연염료에 물들어
서운암 자락이 환하다

겨울 데칼코마니

다시 태어나기 위해
겨울을 견딘다

춥고 버려진 것들도 길을 만든다
얼어붙은 물 위를 달리는
텅 빈 시골버스는 노래가 된다

너와 나

누가 너에게
꽃이 되게 하였니
눈망울 젖게 하였니

나는 너에게, 너는 나에게
마음으로 흐르는 길

양귀비 꽃

먼 들판을 달려온 바람

투명한 너에게도
타오르는 가슴

뜨거운 입술
아득히 봄바람에 흔들린다

마지막 잎새

입술 하나, 비바람에 떨고 있다

보내야만 하는 너
떠나야만 하는 나

사선으로 낙하하는
시간의 기억들

서리꽃

따뜻한 온기가 찾아오면
우린 헤어져야 해요

꽃들이 깨어나기 전에
푸른 생명을 길어 나눠야 해요

눈물이 되어도 슬프지 않을 사랑

외사랑

순간의 향기가
그토록 길었을까
하룻밤 순정이 눈 멀게 했을까

빗물 흘러가는 저 길 따라
한쪽으로 흐르는 입술 같은 사랑

초록 불꽃

초록의 세상 속

붉은 꽃대 하나 피워올린다

꺼지지 않을

심지 하나 밝힌다

연못에서 우주를 보다

은하계

태양계

우주 속의 나를 내려다본다

머나먼 별들

오늘은 투명한 물방울로 보이네

눈꽃 노루귀

바람결에 열리고 닫히는
혹한의 시간들

꽃잎 틈새로
하늘이 열리고
구름이 피어오르고

하얀 종소리

햇살 좋은 날
눈부신 종을 달고 너울거림 쉬지 않는다

처음과 끝
하나로 이어 놓은 투명한 등불

수묵화

바람은 흔들리는 잎사귀를 읽는다

내 안의 소리도 가만가만
바람으로 풀어 놓는다

서걱이는 향기
그림자 사이로 그림이 된다

나비의 사랑

내 몸 구석구석
그대의 체취가 이슬로 맺힐 때
땅이 흔들리고 호수의 물결이 떨리고
하늘은 아득했어요

젖었던 날개가 다시 날아올랐어요

강미옥

1964년 부산 출생으로 사진가이자 시인이다.

1989년 송수권 시인이 펴내는 『민족과 지역』으로 시인 등단했다.

향수전국사진공모전 금상을 비롯하여 다수의 작품이 입상되었으며

영산대학교 시창작교실을 통한 시 쓰기 작업이 병행되었다.

한겨레신문 사진마을 작가, 한국사진작가협회 정회원으로

사진 활동하고 있으며, 삽량문학회 편집장으로

디지털 사진과 시가 결합된 디카시를

지역신문에 연재 중이다.

기억의 그늘

강미옥 디카시집

초판 1쇄 발행일 — 2017년 4월 2일

발행인 — 이규상

편집인 — 안미숙

발행처 — 눈빛출판사

　　　　　서울시 마포구 월드컵북로 361 이안상암2단지 506호

　　　　　전화 336-2167　팩스 324-8273

등록번호 — 제1-839호

등록일 — 1988년 11월 16일

편집·진행 — 성윤미·이솔

인쇄 — 예림인쇄

제책 — 일진제책

값 13,000원

copyright ⓒ 강미옥, 2017

Printed in Korea

ISBN 978-89-7409-982-4　03810